La belleza es verdad y la verdad belleza.
Es todo lo que necesitas saber en la tierra.

John Keats

Senté
a la belleza
para injuriarla,
pero ebria y sorda se ha dormido
en mis rodillas.

Tomás Salvador González

© José Manuel Suárez, 2024

Dirección editorial:	Héctor Escobar
Director de la colección:	Gustavo Martín Garzo
Fotografía de cubierta:	José Ramón Vega
Diseño de la colección:	Miguel Riera
Maquetación:	Alberto R. Torices

ISBN: 978-84-10057-56-2

Dep. Legal: Le. 322-2024

Impreso en España — Printed in Spain

José Manuel Suárez
La belleza de **la urraca**

De la belleza (19)

José Manuel Suárez

La belleza de **la urraca**

EOLAS EDICIONES

ÍNDICE

Para Alicia, Jorge y Mario, niños

He llegado a pensar que forma parte
del vivir más profundo
la dócil, insistente
repetición de cosas cotidianas.
Viajar poco, o nada, no salirse
de este mismo horizonte de tejados,
huertos, plazas, callejas…

Carlos Pujol

Los seres, las cosas, nos tienen. Somos suyos y nos hablan. Oímos lo que dicen si armonizamos nuestra realidad con la suya. La poesía y el arte descifran algunas frases de su idioma.

Juan Ramón Jiménez lo expresaba así en su libro inmortal: «Tú tienes, [Platero], tu idioma y no el mío, como no tengo yo el de la rosa ni ésta el del ruiseñor». Escuchar las cosas es llevarlas al íntimo tabernáculo que custodia el sentido.

Dedicado a tres niños, este libro es algo así como la transcripción de llamadas y escuchas en el juego del escondite, tras los andares y vuelos de la urraca en el jardín.

J. M. S.

PEQUEÑECES

La belleza del aquí, de estar aquí… Decimos *el ser* pero no solemos decir *el estar*. Y en cierto modo estar es más que ser, o al menos lo eleva a la condición de una sólida firmeza.

Como el ser, el estar se dice de muchas maneras; la más común es estar en un lugar: aquí, sin ir más lejos. Un sitio donde ser.

Se recogen en estas páginas breves ensoñaciones cuyo protagonista es un ave muy conocida pero poco apreciada, que nunca se aleja del pequeño territorio en que vive: la urraca. Es reveladora la experiencia de observar sus hábitos.

Pequeñas peripecias que son alegorías de un recorrido por espacios y mundos interiores. Realismo y contemplación.

Gaston Bachelard escribió iluminadores ensayos sobre la imaginación poética del espacio, la tierra, la casa… Y Paul Claudel, poetizando sobre las fantasías del regreso a la cuna, pensaba que el mejor lugar para dormir bien es una casa pequeña.

Un lugar viene a nosotros. Le pertenecemos, somos suyos.

Hay personas que tienen un hondo sentido de pertenencia, convencidas de que solo en su lugar vivirán plenamente. Aunque estén lejos y ante nuevos horizontes, aquel sitio les da la mejor patria: de allí partieron los caminos de la vida y las avenidas del silencio, los desbordamientos y las aguas armoniosas.

En cuanto cimiento de lo que somos, el *aquí* es un *donde* dilatado en *hacia*.

Vivimos entre cosas humildes y triviales, pequeñeces. Vida en casa. Como mi urraca del barrio, que nunca se va lejos.

Estas sencillas anécdotas son figura del valor y precio de estar. O de volver.

Y este libro, el elogio de su *belleza*.

I

CRISOL QUE SE DERRAMA

La urraca tiene mala fama. Charlatana, alborotadora, follonera…

En una guía de aves de ciudad se dice que las urracas soportan entre sí una convivencia difícil. Además, acaparadoras, ladronas, robaperlas. Eso dicen, y más. Culpables incluso de condenas a muerte por haber arrebatado joyas en alguna alcoba, hecho del que fue acusado un inocente. Además, una plaga para las cosechas.

Es incluso un pájaro de mal agüero en algunas partes. Si por lo menos cantara bien. Pero ni eso. Con un pico feroz, desgarbada. Estridente, descarada, arrogante. ¿Quién la quiere?

Pobrecilla. Qué injusticia. A mí me gusta. En mi convalecencia la seguía, la buscaba. ¿Diré que la amé? Sí. Como a aquel pajarillo, mi *raitán* infeliz, que me alegraba tanto en otros días y que ya no vino más por el jardín que yo cuidaba para él.

Dulce cantor, ¿adónde has ido?
No me lo dices.
Pues solo se ama bien lo que mejor se sabe,
qué avaricia la mía de verte una vez más.

Muy distinta la urraca. Viene y viene, está viniendo siempre. Una presencia real constante que me acompaña a todas horas: en las antenas de los tejados, en la cornisa del colegio de enfrente, en el abeto junto a la piscina de los vecinos. Desde la acera, desde la puerta, desde la ventana, desde la terraza.

Ya puedo estar haciendo lo que sea, entre los libros o entre las escobas, que ella me avisa de que está, de que viene. Ya la veo.

La fui conociendo mejor de verla mucho; y así la fui queriendo, acompañando. Yo era suyo. Por eso cantaré lo que vi en los días de gran luz, y en los otros de dolor y de sombras y de fríos: la injus-

ticia de su mala fama y mi fervor de vuelos hacia
aquí, cumplidos siempre.

Destellos en el aire, luz en la luz: alegorías.
Una lupa de aumento para ver mejor.
Quizá una apología que defienda a la vez
su lugar y el mío.

HEREDAD

Un lugar custodia sus fronteras, se defiende que-
mando las naves que pudieran desear salir del
puerto. Adónde iríais mejor que a este lugar —nos
dice de sí mismo el sitio en el que estamos. Si lle-
gamos a él abre los brazos. Cuando nos separamos
cierra sus ojos para guardarnos dentro.

Lo viví en días ya lejanos.

Y qué bien lo sabe esta urraca que pasa su vida
entera «en tan poco lugar». Nació con el don de
mirar, y sin la ansiedad de huir que a muchos enlo-
quece. Reina en su reino. Para qué quiere más. Por
él se mueve a sus anchas. Visita los rincones oscu-
ros y apartados, los tejados y jardines, las calles
más tranquilas.

Aprecia lo que ha heredado, aunque sea poca

cosa para otros. Trescientos, quinientos metros de un extremo a otro de este reino.

Una inmensidad. Teniéndolo todo, conquistar nuevas tierras es llorar con hambre de un más allá que no se tendrá nunca.

Ella no llorará por eso, se gozará con lo siempre sabido; lo que primero vio, lo que verá al final. En sitio tan menor, va de sorpresa en sorpresa. ¿Cómo lo consigue?

Supongamos que se asoma a los territorios limítrofes, las jóvenes lo hacen, locas por ver lo que hay al otro lado. Muchas no volverán y allá se quedarán para siempre. No por ver mucho más sino por tener tierra y casa propias.

Acá y allá no son tan diferentes; otros parques y calles, cobijadores setos como los que tuvieron; peligros parecidos.

Un día regresarán y dirán que allá lejos están bien, reinando en otro reino que hicieron suyo y del que no se alejarán tampoco ellas.

Para algunos el lugar en que están es una cárcel con cadenas. Mas la urraca no se cansa nunca de beber los aires libres que tiene donde está: aquí o allí con igual fe.

Y sin embargo…

No se es de un lugar impunemente.
Ni se tiene un lugar sin su cobranza.
Entremos o salgamos o quedemos,
él se lleva su arancel por estar,
sus derechos de paso y pertenencia.

Escribe Amin Maalouf: «¡Cuántos hombres se han marchado del pueblo desde entonces! Mi montaña es así. Apego a la tierra y aspiración de abandonarla. Lugar de refugio y lugar de paso. Tierra de leche y miel y tierra de sangre. Ni paraíso ni infierno. Purgatorio».

Sí, mi urraca es un ave de mucha fe. Siempre por los mismos lugares saltando, revoloteando, con ese poco vuelo que la hace pisar tierra a todas horas.

Garruleando de acá para allá no deja de mirar lo que ya ha visto mil veces: la esquina de la calle bajo las acacias o el muro de ladrillo al que se lanza en busca del tesoro que está del otro lado.

Todo aquí tan cerca en estos pocos pasos, vuelos. Qué misterios sabrá que yo no sé y ni vislumbro siquiera.

Camina en pareja a paso largo, desgarbado. A derecha e izquierda, avanzando y retrocediendo; llamándose, silbándose: mira esto, mira aquello. Uf, me fatiga seguirla desde la ventana.

Si por mí fuera… Para qué insistir donde no

queda nada. Será que tiro enseguida la toalla; hay cosas que no dan más de sí.

Lo conoce ya todo de memoria. Cuántas veces hoy mismo habrá sobrevolado por aquí, reteniendo las coordenadas precisas de todo aquello que le puede servir.

Quizá por haber olvidado lo ya visto volverá con más fe, aunque no descubra nada nuevo. Insiste sobre lo siempre sabido: a otras horas, con diferente ardor, mirando más a fondo los detalles. Lo que intuye ha de ser algo bueno pues le ayuda a seguir esperando.

Esta misma calle será nueva mañana cuando venga.

CARBÓN DE NIEVE

Los ojos de la urraca son negrísimos y fieros, un taladro que perfora por dentro. Si otras aves la vieran abandonarían la zona por temor a un ataque. Pico fuerte, largo, negro. Ojos duros, fríos, retadores; la antracita que se enciende cuando la roza el sol.

Mira con un ojo, con el otro, girando levemente la cabeza para enfocar mejor el objetivo. Un día los vi a medio metro en la terraza de la cocina. Me entró un temorcillo, me moví, levantó el vuelo. Se fue el peligro.

Hay quien ama de cerca y quien necesita alejarse para que los defectos no destaquen. Así me sucedió con la urraca de aquí. Viéndola, oyéndola, la fui entendiendo y admirando, pero en corto asusta. Sus ojos no tienen interior, son todo afuera.

Si no puede cantar es por esos ojos suyos de azabache y de hielo, pues a cantar se empieza por los ojos. Soportará su destino con fortaleza y buen ánimo. Culpable no es, la pobrecilla.

Pero esa ferocidad en la mirada qué pocas veces se corresponde con la realidad de su vivir diario, pacífico y sensato, cumplidor de sus deberes, pragmático y feliz en la medida de lo posible.

Ella es así, pese a dar otra imagen.

Solo en raras ocasiones y por alguna causa noble, generalmente en defensa de los suyos, ojos, pico, graznidos se transforman en una ametralladora disparando. Pero al aire.

Pura fanfarria para infundir más miedo. No correrá la sangre. Con enfados aparentes va sorteando los muchos peligros que hace falta superar cada día.

Después, aquel carbón ardiente se apagará con nieve recogida en un vuelo.

Y ya en repentino giro empieza a buscar la compañera para seguir hablando del tema que tenían.

Algunas aves no cantan, se desnudan.

La urraca va desnuda. Pese a tener tan mala fama, no engaña a nadie. No se reviste ni se pone ropajes de artificio. Simplicidad total, y aquellos acordes disonantes en una orquestación desmesurada.

Me recuerdan a Bruckner. Lo escucho con frecuencia. Desde más luz también se desnudaba.

Si hay algo que la urraca no consigue aprender es disimulo y sagacidad, o sea, diplomacia. Loca y atolondrada si la molestan; dulce, complaciente, contemplativa cuando el momento es bueno. No oculta sus enfados, que pueden ser terribles. En horas plácidas, tan moderada y amables que hasta se vuelve empalagosa.

A la urraca la entiende cualquiera. No tiene secretos. Cuando canta —no es cantar—, en un instante sabemos qué le pasa. Las cosas como son. Y así las dice.

De los trinos preciosos que llenan el aire algunos meses dirán lo que quieran los científicos pero ignoran qué dice tanta música. Mejor guardar silencio.

Suspendida del son bien acordado,
se deja acunar el alma
cuando los ojos no cazan con avaricia
    depredadora,
cuando escuchan.

Qué querrán decir los pájaros cantores. Messiaen lo imaginba. Qué significaría, por ejemplo, el suave y delicado canto de aquel pajarillo que me visitaba en los momentos malos y que yo amaba mucho. Me daba algún consuelo.

Con la urraca es otra cosa. Cualquiera la conoce si le presta atención. Herméticos los trinos de otras aves, qué transparentes los gritos y susurros de la urraca.

Todo tan claro: el humor con que se levanta, su temperamento, las malas pulgas por cualquier tontería; los brutales cabreos; los arrumacos dulces, lentos, suaves. La paciente, la jovial, la reservada.

A todas conozco por su forma de hablar.

Mi urraca es muy hermosa. Mirad con buenos ojos, la veréis con amor.

Destaca por su torpeza, por su canto rudo y desmañado, por sus costumbres algo raras que hacen que sea mal querida. Su nido no llama la atención por su técnica o belleza precisamente; sin gracia, descuidado.

La urraca es pobre. Incluso pobre de espíritu: esa devoción a su escaso aposento, a unos cuantos rincones entre los que se mueve dando la sensación de un activismo más aparente que real.

O esa fidelidad a su pareja de siempre…

De no ser por el tamaño y por esos extraños graznidos inconfundibles, pasarían desapercibidas.

Y, sin embargo, qué hermosa la urraca. Principalmente en el color. La urraca es en blanco y negro, pero vemos más.

En aquel cine (Dreyer, Ford, Buñuel, Kurosawa, Pasolini…), el blanco y negro consigue reducir la realidad a lo que debe quedar en la retina, dejando fuera cualquier incitación que nos aparta del centro.

Que se pueda decir mucho en blanco y negro —ver, creer, recibir— significa que el corazón es el hacedor del mundo.

El blanco y negro son dos ejes que orientan hacia aquí toda la luz posible. Quedará retenida con muy poco. O sea, sin colorines, que son peso muerto.

Negro y blanco de la urraca que se transfigurarán, cuando les da la luz con cierta inclinación, en verdes, rojos, azules. Aceros y cobaltos en láminas finísimas llevando sobre sí todo el peso del sol.

Tampoco es blanco del todo el borde de las alas sino un blanco que se adensa en sus matices, pues recibe en distinto grado los colores que le faltan al negro.

La urraca no es en blanco y negro. Es un ópalo noble de variados reflejos, crisol que se derrama cuando el cielo es azul.

El corazón es un cazador convencido de
    acertar,
y contra la razón que maquina en su contra.
El blanco y negro es un acto de fe
que se atiene a lo más simple.
Toda la luz del día transportada en un vuelo,
hierro que pesa pero que no aplasta.
El corazón no sabe, se deja poseer de lo que
    ignora.
A la luz no se va; de allí se llega.

SANTA PEREZA

A finales de otoño y a medida que pasan los días la urraca se va volviendo poco a poco translúcida, invisible. Con un sol más avaro, con luz ya menos viva se templan sus enfados y pierde aquel coraje rudo con que se propasaba.

Se va quedando sin argumento, los focos ya apagados sobre el escenario. El cambio es gradual, apenas perceptible; está en la luz. Se fueron los verdes, los dorados, los azules en que se transustanciaba aquel metal purísimo.

Y el blanco se queda en un albor marchito, el de la nieve que ahora envejece sobre bardas y vallados. Nieve y tizón del aire.

O no tan del aire, pues con el frío sus vuelos se achican más. La mayor parte del tiempo la siento retirada, ni la veo siquiera, la oigo decir algo por allá dentro donde se toma su tiempo para ir transparentándose y ser cristal.

La urraca cambia de personalidad según avanza el año. Primero fue una transformación por fuera de aquel iris, después en su interior.

Con el frío aprende convivencia. Apenas se oirán alguna vez sus famosos enfados ni su griterío descomunal. Unos peculiares cloqueos, un zureo de imitación, un cierto arrobamiento distraído.

Me quedo a su cuidado dejándome llevar de este momento íntimo. Cuando está así de cariñosa no es fácil que algo la revolucione y la convierta en la urraca guerrera que suele ser.

Presto atención, quiero aprender. Pase lo que pase cultivará su estado de reposo dejándose llevar de una santa pereza.

Con paciencia husmeo en sus intimidades. En el mejor lugar la pareja se acuna y se arropa. Se miran, se contemplan, se cuentan secretitos. Van adentro.

Las envidio.

II

SUSURROS DE ALCOBA

EL MAL DE AMÉN

Un pequeño suceso sentimental y raro: urracas conversando con palomas.

Si uno va sin prisas y es un domingo de abril temprano en la mañana tibia, clara, podrán verse curiosidades como ésta. Subo al ático de los libros; salgo a la terraza; van llegando las primeras luces sobre los tejados y los olmos más altos. Veo urracas y palomas en animada conversación en el ciprés oscuro donde pasaron la noche. Me quedo allí el tiempo que dura la charleta.

¿Qué se dirán? Que si esto, que si aquello. Las palomas tienen su prestigio y renombre. Su mala fama, sin embargo, las urracas. Caen en gracia las palomas: la paz, el espíritu, la ramita de olivo. Simbolizan lo más alto. Las palomas están condecoradas.

¿Para quién simbolizan algo las urracas?

Y sin embargo aquí están las dos —en realidad son cuatro— mano a mano esta mañana. Las dos palomas juntas en su rama. Una urraca allí mismo, la otra un poco más arriba.

Algo pasa, la conversación ya no es relajada. En realidad, la urraca cercana a las palomas dice algo, un ronroneo, un gorjeo o quiebros de su canto; gorgoritos. Se mueve, gesticula. Habla y habla, mira a todas partes, la cola siempre inquieta. Se para un momento, vuelve, discursea.

Pero no hay conversación; las palomas no escuchan, no responden.

Cuando el sol llega allí veo que las palomas no prestan atención. Quietísimas, estiradillas, orgullosas, con medallas. Se nota que están mirando a las urracas por encima del hombro. Pertrechadas de símbolos, viven de las rentas.

Las urracas no podrán convencer a las palomas, y además en domingo, de que tienen algo interesante que decir, pese a no estar representadas en las vidrieras de las catedrales ni en láminas de los libros ilustrados.

Finalmente las urracas, humilladas, se fueron

en silencio. De un salto se lanzan al manzano y a la higuera. Las veo allá abajo unos segundos mirarse sorprendidas.

Oigo que decían:

—Yo no vi las medallas.

—Ni yo.

Y más se burlarían inclinando a un lado y a otro la cabeza. No son de presumir con baratijas.

Un mal de amén las tiene maniatadas.

De las urracas a las golondrinas, como de la tierra al cielo, y nunca mejor dicho. No cabe mayor diferencia en hábitos y formas. Dos estilos y gustos en mundos separados.

Pero en algo se pusieron de acuerdo y coincidían:

—Compararnos son ganas de llamar la atención.

—Nos iremos cada una por nuestro lado.

—Dos regiones sin fronteras comunes.

—Un ahí, un allí, y en medio una muralla.

—Ni siquiera nos habremos cruzado en el camino.

—Si usted se pone a hacer comparaciones...

—Son odiosas...

Lo son. Y, sin embargo… Los contrastes son un sol en la noche.

En la tarde plácida de mediados de junio, después del aguacero de las primeras horas, la luz se recupera y se hace cristal de roca. El aire puede verse, se deja acariciar con suave tacto. Es esta luz de jade con que se acortan las distancias. Son unas pocas horas en que la realidad de siempre recupera algo de la forma que había perdido.

Como si hoy fuera su primer día de trabajo, ahí encontrará todo dejándose coger para ella. Empieza de nuevo a desempeñar su oficio.

Con la calma retornan los vuelos en un aire limpio que invita a salir. Todos fuera, a ver, a respirar. Qué algarabía entre las casas. Se acabó aquel silencio pesado que dejan las tormentas. Un pulular de vuelos aquí abajo.

En lo alto el cielo se llenó de golondrinas. Alocadas, suicidas en sus toboganes, tan arriba algunas que se van convirtiendo en un punto lejanísimo. El único ave que se ha quedado tranquila en casa, la urraca.

Para ver el espectáculo reservó su butaca en la aguja del ciprés altísimo del colegio de al lado No mueve ni una pluma, la cabeza ligeramente vuelta hacia arriba, con un leve balanceo por la fragilidad de aquella ramita en vertical que la sostiene.

Urraca en quietud, veloces golondrinas… El sosiego, la ansiedad…

Sí, yo las comparo. Y, la verdad, prefiero la urraca. Me da la humilde belleza de solo estar.

A primera hora del día, la urraca se va desperezando por allá dentro. Salgo a la terraza y escucho sus arrullos, suaves gorjeos con que se va animando a ver la luz que nace.

Con esfuerzo consigo descubrirla cerca del tronco. Encogida por el fresco de la noche, nerviosilla por salir afuera, mira de reojo, estira las alas.

Su pareja la anima:

—Venga, tírate.

Su canto, tan estridente a veces, tiene un variado registro de posibilidades con que comunicarse, según a quién y cuándo. Ahora es el momento de los susurros de alcoba. Él y ella contándose sus cosas, las rutinas del día que ahora empieza, quizá algunas preocupaciones y zozobras.

Daba gusto veros tan temprano pegaditas, cariñosas. No parecéis los cuervos que después seréis, cuando volváis a vuestro alocado griterío.

Así son las urracas cuando se ponen a hablar en voz baja. Abro la puerta, pego la oreja al marco. Escucho lo que hablan. Cuántas cosillas vuestras os decís, muchos afanes nuevos. Lagrimillas también, que acechan siempre.

De todo me voy enterando mientras las miro allí dentro en ramas interiores y en las últimas sombras antes de partir.

Adiós, felices vuelos y felices horas.

DE DOS EN DOS

La urraca no vuela, se desliza. Avanza pendiente abajo, incluso cuando sube, llevada por su propio peso e impulsándose con suaves empujones. Es hábil esquiadora que aprovecha los desniveles del terreno. Va por el aire como sobre nieve. Colinas y vaguadas resbalando es el aire para ella, solo un modo de transporte con que llegar hasta la puerta de casa.

Algunas aves se gozan del aire en que van. Es suyo y hacen con él lo que quieren: su tierra en propiedad, su campo inmenso. Alondras, golondrinas, los milanos, cómo disfrutan de sus aires altos, fríos. La urraca no.

Para ella el aire es un sitio de paso nada más. No le sacará más provecho. Sus largas alas apenas le sirven para hacer breves recorridos sin osadía ni imaginación. Sin riesgos, sin delirios de grandeza. Con el innato señorío de solo estar, sabiendo que un simplemente estar ya es todo el ser.

Cuando por fin se animan a saltar desde su rama, una desciende ladera y nieve abajo hasta el jardín, con un leve giro de alas en el aire para reducir la marcha antes de posarse. Queda arriba la otra haciéndose de rogar, estirando el cuello hacia abajo buscando una pista despejada.

—Urrrac —dice la que ha bajado.

—Urrrac —responde la de arriba.

Ésta, más temerosa, por fin se lanza. En dos tiempos, primero sobre la jardinera y luego sobre el césped recién cortado. Con paso apresurado, cola arriba y abajo, pasan revista a todo el recinto, dispuesto ya a servirles.

—Esto sí, esto no.

—Mejor por aquí…

Vuelven sobre lo andado. Allí algunas yerbas por las que compiten, allá un caracol que descuartizan y se reparten en un segundo. Y vuelta de nuevo al aire o nieve, trazando nuevas rutas por la misma ladera. Esquían o planean por el aire como quien va por el pasillo de casa hasta la habitación de al lado.

Ni ellas mismas sabrán adónde les lleva su vuelo con esquíes en que patinadoras se deslizan. Siempre de dos en dos, mas nunca al mismo tiempo.

Buena esquiadora, la urraca cuando vuela no va a ningún sitio. Tiene ese defecto, o quizá no lo sea. Ir a alguna parte sería emprender un viaje. Puesto que hacer un vuelo son palabras mayores, y la urraca no viaja, da una vuelta por ahí, se desplaza dentro de unos límites que no rebasa nunca.

Pese a sus alas fuertes sus vuelos son cortos y queriendo que se acaben. En general son vuelos hacia abajo. Cuando sube va con miedo de no poder llegar, temiendo que le falte el aire, asfixiarse, caer.

Contra la primera impresión que da su corpulencia y sus pinturas de guerra, la urraca se ahoga en un vaso de agua. Hay días que no para, va y viene gritando quién sabe qué informaciones o llamadas o consignas. Uno intuye enseguida que algo está pasando.

¿Persigue o busca? Deberé prestar más atención por si me pierdo algo. Esos vuelos no son para salir sino para quedarse dentro. Emprende sus conquistas lanzándose en bandada más allá. Y allí se queda; son sus nuevos dominios.

Esta urraca se conforma con lo que ya tiene y no se irá. Su mundo cercano es todo el mundo. De él nunca se cansa cambiándolo por otro que tuviera más cielo.

Percibir la plenitud de dones a la mano;
quemar las naves, recortar las alas;
mirar lo que tenemos, y que es bueno.
Navegación de cabotaje y vuelo corto,
una ambición que termine en casa.
Un día sabremos que el infinito es aquí.
Tarea que no acabará
por muchos años que dure la aventura.

Esa noble avaricia de la urraca de mirar fijamente lo que no necesita, o aquel andar sin apremio en la elevada cornisa. Ir y volver, ir y volver, tranquilamente y hasta con descaro y cachaza, qué otra cosa han de ser para ella sino gustar el fruto, el que solo en el prodigio se madura y cumple.

Su viaje más largo se queda en un detenido reconocimiento por la vecindad.

DECIMALES

Algunas tardes la urraca se pega a su pareja en la rama mayor del castaño de indias al otro lado de la calle. El dulce sol de octubre va cambiando su luz que al reflejarse sobre las plumas negras ya no consigue extraer el diamante de otros días.

Aún es cálido el aire, ninguna brisa las empuja de allí. Están tranquilas. Las imito en la terraza desde donde las contemplo.

No es frecuente verlas mucho tiempo en su pináculo escudriñando el horizonte. Pues no se aventuran a viajar, mejor subir a lo más alto y adivinar continentes que en el fondo no desean.

Se dirán:

—¿Qué te parece allá lejos?

—Bien. Pero se está mejor aquí.

Así van pasando la tarde. Tienen la manía de andar con prisa. Su cuerpo, puro azogue. Les cuesta serenarse. Que su cuerpo se aquiete, qué difícil. Hoy sí. Y las dos al mismo tiempo.

Con sus largas colas caídas, casi inmóviles, la cabeza levantada hacia poniente, están bebiéndose la tarde según se va acabando. Tan curiosas de cuanto luce y pasa por el suelo, ahora están mirando arriba, al aire ligeramente velado por una gasa leve.

Se entregarán a alguna ensoñación, añorarán momentos que tuvieron. Recordarán a los hijos que criaron y cuidaron en los meses pasados. Verán a su modo que este azul compasivo que las tiene hipnotizadas se va llenando de lo que más amaron.

O podría ser que vieran este suelo que tanto las atrae reflejado en el azul que sueñan. Son trocitos brillantes, joyas para ellas que las mantienen atadas a su sitio; decimales con que hacer la suma de hoy.

«Soñar no cuesta nada pero sale muy caro»: es el precio de estar donde mejor se ve. Pequeña y a la mano la belleza que disfrutan.

El sol se va poniendo. En la rama más alta se mantienen quietísimas, con la paz de quien está convencido de haber visto ya lo que más deseaba.

De un salto suave, apenas un vuelo insinuado, bajan al suelo, que es el cielo que se puede tocar.

ANDAR O LEER

Deduce lo que hay de lo que tiene. No necesita
ir lejos para conocer el mundo. ¿Andar o leer? La
urraca prefiere la lectura.

El ancho mundo que el aire le ofrece, nada más
que por fuera lo veía. Cómo entrar allá dentro de
los mundos lejanos y atractivos que incitan a viajar.

Si no puede atravesar la piel del mundo, pue-
blos, ríos, mares, llanuras, cordilleras, nada más
que fachada podrán ser —maquillaje conquis-
tando unos ojos atónitos. Sus ojos saben ver de
otro modo: gozando de interiores.

Ir afuera, un turismo infeliz sacando fotos.

La mirada es la norma del mundo.
Desde su puesto de mando lo gobierna todo.

Y allá donde se mire, un dedo inquisidor
dirá lo que hay que ver.

Entre andar o leer la urraca elige la lectura. Vaya
donde vaya no se pierde detalle. Es una obser-
vadora incansable de pequeñas cosas que como
páginas escritas se le ofrecen a cada paso: una y
otra y otra, hasta colmar maletas en un día. Un
día y muchos años.

Poquito a poco va haciendo su propia biblio-
teca. Tomos llenando estanterías; se comban las
baldas por el peso de los muchos tesoros.

Qué aplicada, cuánta curiosidad insatisfecha,
qué empeño con sus libros; los coge, los abre, los
hojea. Es una buena lectora.

El viaje interminable con hambre de más
    cosas
ve lo que ya tiene. Y no ve más.
Una mirada que irá moliendo el mundo:
arena solo, un pobre resto de lo visto por
    fuera.
Heráclito dijo que a todas las cosas las
    gobierna el rayo.

Un relámpago mayor se necesita para ver
hacia dentro.

La urraca, después de ver y ver sin apenas
moverse, consigue dar la vuelta al mundo. De lo
que ya ha visto deduce lo que hay. Lo nuevo que
muy lejos viera no le abriría la puerta para entrar
donde querría.

Vedla un momento. Con su atención insomne
estudia, toma notas. Lee y lee en aquel trocito de
papel o de plástico que sobre la acera brillaba esta
mañana.

En la parte de atrás del jardín, aquella urraca se
oculta como yo para leer.

La urraca se une de por vida a su pareja. No da un paso sin que por allí cerca esté la compañera. Si no la ve la llama, con suaves graznidos al principio, después a voz en grito. La busca, la acompaña; tan dependiente que no sabe estar sola.

En apariencia fuerte y grandota, es frágil, quebradiza; sucumbe al miedo de que su pareja no la vea. También disfruta quedándose a su aire, soñadora en esos pocos minutos de la tarde cuando se entrega a sus ensoñaciones. La pareja andará por allí cerca huyendo del tráfico del día o atenta a una comida rápida a deshora.

Se llaman y se juntan en la antena. Se ayudan en el vivir diario y en el reparto de las tareas pendientes. Mirándose a hurtadillas vienen las confidencias:

—¿Qué tal hoy?

En esos momentos inclinan la cabeza, se acica-
lan, se tocan y se peinan con el pico. Labios son
que se vieran y se hablaran o callaran de algún
beso que dieran. O que gimieran en un rictus que
la delata.

Tener con quien hablar es levadura fermen-
tando la masa. Se inquietará la urraca si le falta
una mesa donde partir el pan que vendrá.

No es bueno que el hombre esté solo. Y sin
    embargo
añoro aquella soledad que yo tanto viví.
Con ella me iba más adentro
ante la cumbre mía que tan alto se alzaba.
Repentinamente, la desconexión:
el viaje allí empezaba.
Suben los brazos a unos labios que vienen.
Me redime lo que más me ata. No estoy solo.

HAZAÑAS BÉLICAS

Atiendo a la pelea de la urraca con un gato de la calle en la valla del colegio. Qué tormenta de vuelos y graznidos, de ataques en picado. Llueven de lo alto descargas sin control y ruidosa metralla. Con qué brutalidad pretende arrancar al enemigo del sitio que ocupaba descuidado. Estaba allí perezoso, con los ojos medio cerrados, tranquilo en la tregua de su lucha diaria de gato callejero.

Fue descubierto. ¡Fuego a discreción!

La cosa empezó con un vuelo veloz a media altura de la primera urraca. Llegó hasta la repisa de la terraza; vigilante pone la sirena. Desde el ciprés despega un caza de combate. En dos segundos y en certera caída el piloto se abate contra el débil. Ruge, dispara, se aleja; toma altura y arremete de nuevo.

En vuelos coordinados, los atacantes dan con precisión en la diana. Varios minutos de idas y venidas, en veloces pasadas al principio; después de forma confiada y un tanto temeraria; finalmente con ataques lentos y suicidas rozando unas garras que no se dejan ver.

Sábado por la tarde, el barrio está tranquilo, no pasa ningún coche, no están los niños en el colegio. Un silencio reparador en el calor húmedo de junio. Y de repente aquel combate ruidoso y desigual entre dos adversarios.

Yo estaba en la ventana; el polen de los olmos, como nieve cayendo. Tácticas en juego, rugir de los motores. Abajo, el enemigo, en la más absoluta indiferencia desdeñosa. El gato, castaño suave veteado de blanco, aguanta dormitando sobre el muro.

Imposible dormir, se levanta, se estira, se amodorra un segundo; no atiende a los disparos ni al pico negro y frío rozando su espinazo. Salta hacia dentro, al patio. Con la lentitud aprendida de los niños cuando vuelven del recreo a clase, avanza por el largo pasillo hacia el comedor y las aulas.

Decía para sí:

—Qué habré hecho mal para toda esta furia que se me vino encima.

Buscará otro lugar, indiferente a la derrota. Lo mejor será quitarse del peligro sin responder al ataque.

El *caza* vuela al jardín cerrado donde le aguardan los polluelos que valientemente ha defendido. Los padres presumen de su hazaña. Vuelven los mimos con las crías, las caricias con alas temblorosas, la higiene, los cuidados.

Son momentos felices que nunca olvidarán.

III

ESTOY A LA PUERTA Y LLAMO

ADONDE LAS ROSAS VAN

La urraca está obsesionada con pisar la calle. Va por el asfalto mirando y remirando todo lo que encuentra. No camina con los pies en la tierra sino con un balanceo saltarín un tanto desdeñoso. El suelo para ella solo es aire más denso.

Al menor contratiempo se pondrá por encima de estas cosas pequeñas y atractivas que la hizo bajar. Quiere estudiarlas con pelos y señales. De un lado y de otro lado, esto sí, esto no. Aquello me interesa, esto me sirve. Todo vale. Con un rápido picoteo distingue las joyas de la bisutería.

Para la fiesta del colegio algunos niños habían llevado flores. Un vientecillo suave removía algunos pétalos en la acera. La urraca camina sobre ellos. Le gustará el color, el tacto suave, el poco peso.

Sigue caminando. Rojos y amarillos, que se van deshaciendo y acabando. Montoncitos de sol que a la urraca conmueven. Los mira, duda si tocarlos o dejarlos lucir.

Naturalmente, la urraca conoce los colores. Muchas veces la he visto en la pequeña rosaleda del jardín. Desde el membrillo miraría las sucesivas rosas que pasaban.

Hoy es algo nuevo que la sorprende. Ella, que no suele pararse cuando camina, se detuvo al calor que le dieran los pétalos caídos. Querría llevarlos a algún sitio elevado o dejarlos en el patio de los chicos por si aún les sirvieran. Con las uñas remueve aquel color de fuego que se va apagando. Se aparta. Quizá le quemaría.

Un día entre los días, el primero de todos,
prende la hoguera donde no se esperaba.
Más se tiene cuando se mira bien.
Visitación del tacto que en el roce más leve
me orienta hacia donde las rosas van.

Así es mi pequeña avestruz andarina: cargando en pleno vuelo con el plomo que la hace bajar.

Con tanto entrenamiento cada día ha aprendido
que andar es ver.

Y ver es tocar.

La urraca es una atenta lectora. Incluso compulsiva y apasionada si lo que ha descubierto consigue mantenerla en vilo.

Leo de un tirón y con la lengua fuera *Acta del juicio*, un libro mayor de Edgar Lee Masters. Volveré a leerlo más despacio. El autor, fallecido en 1950, escribió muchos libros; éste es el segundo suyo que se traduce al español. Una novela en verso, un poema sinfónico y coral.

Por la mañana busco en la estantería su otro gran libro, *Antología de Spoon River*, publicado en la colección Letras Universales de Cátedra. Voy releyendo en el metro algunas páginas de su *Antología*.

En la escalera automática me fijo en la portada: un dibujo (autor, Dionisio Simón) de una sepultura protegida por una pequeña verja de hierro. Dentro, un jardincillo bien cuidado de hierba verde y flores amarillas y rojas. En la cabecera de la tumba, blanco sobre negro, el epitafio que preside una cruz. Sobre ella una urraca se mantiene inmóvil. Miro mejor: sí, es una urraca. La delatan esos toques blancos.

El dibujante no solo eligió el ave, supo ver el momento.

Va mirando la urraca otras tumbas y otros epitafios. Está rumiando lo que acaba de leer. Al fondo, los cipreses junto a la pared de piedra que rodea al cementerio. El cielo se oscurece, la luna está subiendo, se pierde la última claridad difusa de la luz de aquel día.

La urraca ya ha leído mucho, tendrá cerca un cobijo tranquilo, puede que dentro del ciprés más alto. Pronto se recogerá. La dejaron pensativa las gentes de Spoon River.

Un cazador descubrió junto al río el cuerpo de Elenor Murray, la protagonista de *Acta del Juicio*. La urraca del dibujo quizá viajó hasta allí para hacer su lectura de los hechos y sus conjeturas sobre las causas de la muerte de Elenor.

Ella, que tanto amaba.

He de ir tras la huella de esta urraca lectora. Y que me cuente.

Aquella urraca joven se moría en un caminillo de tierra en el pequeño bosque entre el Clínico y la facultad de Medicina. Es un paraje tranquilo que en días despejados tiene una estupenda vista hacia la sierra de Guadarrama.

Todavía se puede admirar desde aquí aquella luz de Madrid que, recién llegados, tanto les gustaba a los del noventa y ocho. A veces me pierdo por allí entre clase y clase en busca de vuelos no dolientes que volvieran.

El Anatómico Forense abajo, arriba el inmenso hospital; huellas todavía de antiguas trincheras y cráteres que excavaron los obuses. Estamos en noviembre. Paseaba por este mismo sendero en junio cuando de repente tropiezo con tres pollitos de urraca sobre el suelo.

Tensos, paralizados, con miedo en sus ojillos que ni pestañean siquiera. Obedecían las órdenes a gritos que los padres les daban desde una rama baja. Un verdadero escándalo que les asusta. A mí también.

Intenté tocar su plumón, cogerlos con cuidado para apartarlos del camino. Imposible. Sus padres, con vuelos fulminantes sobre mí, me hicieron retroceder. Me fui yendo despacito, me senté más arriba. A escondidas me entretuve en la escena.

Bajan junto a sus hijos. Piar de anhelo y de alegría. Los polluelos, tambaleantes, se caen, se levantan, dan pequeños pasos. A codazos quieren ser los primeros en ponerse a cubierto bajo las alas grandes de mamá. Papá acude también. Qué arrumacos de cuna.

Fueron empujándolos con el pico hasta dejarlos ocultos en la maleza acogedora y suave de unas hierbas secas.

Noviembre es otro mundo, donde se muere en un silencio largo de agonía. Esta joven urraca que estoy viendo acabarse en el camino quizá es alguno de aquellos pequeños plumones que me encontré en junio. Han crecido y vuelan y viven a su aire.

Inmensos continentes en su lugar pequeño que fueron explorando palmo a palmo.

Exhalaba su acabamiento aquella urraca que yo habría querido curar. Ni siquiera se asustaba de mí; seguramente ya ni me veía. El pico abierto en el último estertor, arrastrando las alas por la senda de tierra que se hace barro pegajoso por la lluvia reciente.

Por instinto levanta la cabeza hacia lo alto. Verá su cielo y sus vuelos de nieve, brasas que se apagan del don con que lucían.

Se aparta del camino, encuentra aquel sitio entre las hierbas húmedas que la amaba de niña, y allí se entrega al azul sin fingimiento que la nombra y la lleva. Yo vi su llanto adentro. No apartaba la vista del sitio en que quedó.

Vino el dolor y daño como un ladrón en la
    noche
que dinamita la paz y hace añicos la calma
de quien no necesita mucho para sentirse
    bien.
Y hasta eso poco le será arrebatado.

ALGO MÍO

Cuando yo era niño me regalaron una *gavia*. Así llamábamos a una pequeña trampa infantil con forma de pirámide truncada para cazar pájaros. Estaba hecha con pequeños palos atados o clavados en los ángulos.

Se deja en el suelo camuflada, ligeramente levantada de un lado. Para atraer a la presa poníamos pan, granos de maíz o cebada, un trozo de manzana.

Qué feliz estaba yo con mi gavia. Un regalo del primo que vivía con los abuelos en Brañesfraes, tan cerca y tan lejos entonces. Abril atiborrándose de trinos y fragancias me daba todas las posibilidades de acertar.

Armé la trampa en aquel prado donde los viejos castaños disimularían mis intenciones. Al atardecer, sin contar a nadie mi secreto, me acercaba a diario por allí para vigilar a distancia mi lugar secreto de caza.

Llegó el día. Podía ver que algo se movía dentro; se oían golpes, aleteos, débiles graznidos. Sigo andando, miro mejor, me paro, disfruto del momento.

¿Qué será? No lo distingo bien en aquel sitio sombrío por la maleza y la hora. Me acerco, no se mueve. Un paso más. Lo delata un graznido inconfundible: un arrendajo, un grajo. *Grayu* decimos en mi tierra: las boscosas y bellas colinas de Laviana. Un córvido también como la urraca. Más esquivo y desconfiado, un poco antipático.

Estoy junto a la gavia, debo estudiar cómo coger la pieza sin que se me escape. Con ella allí dentro me detengo a mirar su plumaje de varios colores que van cambiando débilmente según cambia la luz. Su vuelo rápido es un instantáneo arcoíris.

Me asusta su tamaño; su pico me da miedo. Desde luego, no pediré ayuda.

El ave, enfurecida, chilla, se defiende con el pico, con las garras. Forcejeo con ella, me clava las uñas, sangro. Otro grajo revolotea por encima de mí curioseando. No le presto atención, bastante tengo con dominar mi caza. Meto el brazo, casi toco las plumas. Finalmente la agarro.

Duelen los picotazos pero aprieto:

—No te escapas.

Puedo sacarla. Sus alas me daban en la cara, en los ojos. Apenas si consigo controlar sus bruscas contorsiones. No se rinde. Yo tampoco. Por fin consigo sujetarle las alas con fuerza apoyándome en un roble rugoso.

Se hace tarde, tengo que volver a casa, la llevaré conmigo.

Al empezar a andar me caigo; mi cuerpo sobre el suyo. Me levanto de un salto. Muy abiertos, sus ojos parece que me miran. Finalmente el *grayu* no se mueve. Yo seguía agarrándolo con fuerza por las patas, que pronto se enfriaron.

Muchos años después, vencido y solo, volví por allí recordando mi hazaña. Lo que yo más quería no me hizo feliz.

LO QUE MEJOR SÉ

Las quejas del ave compañera de la que cacé se escuchaba a todas horas lejos y más cerca. Iba de árbol en árbol arrastrando su pena.

Llevaba yo orgulloso mi captura, aunque ya muerta. Quería que la vieran en casa. La enhorabuena no fue con entusiasmo:

—Anda, lávate esos rasguños.

—Qué *grayu* más *guapu*.

—Estaría *faciendo* ya el *nial*.

—*Probe*.

Yo era niño y esperaba que elogiaran con más entusiasmo mi aventura.

Al día siguiente supe las consecuencias. Su pareja había visto que me llevaba a su compañera y me siguió. Días y días subiendo y bajando aquel camino en vuelos apresurados, con la locura triste de quien busca y no ve.

Sus graznidos no eran los habituales chillidos estridentes cuando informa del peligro a sus iguales, sino un lastimero canto que me obligaba a escucharlo en silencio pues lloraba.

Durante muchos días no cesó de decir su dolor: unos afligidos graznidos o sollozos que tanto me dolían. Al principio eran gritos, después ya solo ayes. Primero una búsqueda frenética, luego aquellos vuelos torpes que van sin dirección.

Yo era niño y no sabía.

La pareja no cesaba de buscar. Me apenaba aquel tesón en no darse por vencida. La espié. Daba saltitos alrededor de la gavia vacía, metía el pico entre los palos, se quedaba allí parada, con un cloqueo de paciente llamada. Se pone encima, se aparta, se asoma al interior:

—¿Dónde estás? Vámonos, que se hace tarde —diría.

Allí suavizaba su llanto hasta quedarse en unos inciertos sonidos guturales. Uno o dos minutos. Después se elevaba en vuelos desmayados lanzando unos graznidos que imploraban:

—Ven, ven conmigo, no te escondas.

Un día ya no lo vi más. Solo alguna queja se oía a lo lejos en la colina oscura frente a la casa. Quizá murió de tristeza o encontró nueva compañía, según dicen los especialistas.

Sé desde entonces que los buenos lloran.

Allá quedó mi gavia entre castaños en el prado; la cubrirían las hierbas y las zarzas; la quebrarían los vientos y las nieves. No la encontré en los días de siega de mediados de julio.

Hoy, cuando vuelvo a aquel lugar apartado, apenas lo reconozco. Geografía es amor pero también se acaba.

Cuando el corazón rueda por la pendiente no acaba nunca de caer. Y si está a disgusto fantasea, se ilusiona; calcula algunas posibilidades. Podría ser que...

—¿Qué será de los chicos?

—A lo mejor nos llaman.

—¿Tendrán el número?

—Quizá vengan y nos den una sorpresa.

Así decían esta mañana la pareja de urracas allí arriba en su rama, donde vivió la familia hace unos meses:

—Nos quedaremos aquí por si quieren volver.

—Por nosotras que no sea.

—Si no nos movemos reconocerán el sitio y se pararán un momento.

—Sí, mejor seguir aquí.

—¿No se atreverán a volver? Qué tontos.

Estando en vuestro sitio os entregáis a la quimera, al sueño de más días mejores. ¿Os darán la sorpresa que esperáis?

Se desahogaban los padres como hablando ya con los chicos:

—Si llamáis os diremos que todo sigue igual: los rincones entre la yedra en los que os escondíais…

—Las tapias bajas desde las que, miedosos, hacíais los primeros pinitos y saltos al vacío…

—Los tejados de pizarra en los que resbalabais…

—Aquí estamos. Seguro que venís.

—Quedar aquí será nuestro modo de amar con los pies en la tierra.

Soñar, volar. En realidad son lo mismo. Así se consolaban mis urracas junto al nido vacío en el álamo frondoso donde tuvieron techo.

Sentado en el suelo con la espalda apoyada en el tronco, escucho sus fantasías: se ilusionan con tener a los hijos en casa como antes.

Espero un hecho extraordinario que no
    sucederá.
En los días previos a la noticia que no recibiré
imagino y me entusiasmo sin prever
    decepciones.
Soñar es como amar: quimeras acumuladas
que aplanen cordilleras con los ojos cerrados.
Una enfermedad incurable, un láudano y
    celaje
contra el espino cuya flor admiré.

Vengo por si estás y no te encuentro, y aunque no andarás lejos te ocultas porque quieres, te haces valer. No como quien se da importancia. Como quien la tiene.

Te das a quien te ve, no a quien te busca. Dejarte ver y haberte visto no son la misma cosa. Con frecuencia el esfuerzo de ver no obtiene resultado. Tomas la iniciativa de mostrarte haciéndote presente. El mérito no es mío, tú ya estabas.

Si no te espero me encuentro contigo. Un ser y no ser que no se ven venir. La fe con que te aguardo no busca cumplimiento, o solo un breve instante tuyo y mío que puede desvanecerse y no ser nada.

Cuando vienes estoy; también cuando no vienes.

Nunca sabré con qué vuelo vendrás, si el veloz

de la huida o el gozoso y retozón con que vas a tu aire. Esto nuestro no es ningún safari fotográfico con que cazarte al vuelo ocultándome detrás de los arbustos, vulgar engaño para nosotros que nos gusta dar la cara y mirar de frente.

Lo nuestro es otra cosa: esa infinita espera de lo que no sabemos pero que en el fondo ya hemos conseguido.

—¿Tú me ves?

Para cuando te escucho estás de vuelta del sitio donde me tenías a tus caprichos. Ya con adivinarte te das por satisfecha. Qué poco para mí, que rebusco entre tu nieve y ni un rastro me dejas.

Fiel a tu lugar, disimulas en tus penumbras. Andas por allí dentro sin hacer caso al timbre. Mira que estoy a la puerta y llamo.

Me haces desearte a ciegas:
tardes enteras mirándote me dejaron esta sed
con que te sigo viendo; casi viendo.
Seré para ti tu contemplado por ver lo que
    me pasa;
sin darte a ver me estarás espiando.
Así pagas las horas infelices de mi espera.

IV

LA MEDIDA DEL MUNDO

Cuando la urraca se planta y le da por callarse no dice ni mu. Hoy, doce de octubre, es fiesta. Día también de silencios.

Con luz que no quisiera irse de la yedra enrojecida ni del membrillo con sus frutos que aún cuelgan firmes de las ramas, la urraca anda cerca silenciosa, atrevida, sin temor al rastrillo, al ruido de las hojas secas, al cesto en que las echo o a la música que suena en la ventana.

Un trabajo gustoso es el que tiene: recorrer palmo a palmo este trocito de tierra sin la inquietud de ver más alto. Hace lo que ha venido a hacer: recogida de alimento y abalorios. Está cerca, me mira, no se asusta.

Reverdece el laurel. Planean las hojas de la higuera al ir cayendo. Se exhibe desnudo el melocotonero. Las hojas del granado son teselas de variados colores en un mosaico que luce al sol de otoño. El níspero florece ahora, a contratiempo y sin miedo a las heladas que vendrán.

En su incienso el romero. Con su brote mi rosal pequeñito. Del avellano de hoja roja cuelgan ya sus primeros pendientes morados.

Contemplando todo esto la faena se retrasa. Un vuelo sobre mí. Yo disimulo.

Escucho el último movimiento de la sexta de Beethoven, *Pastoral*, en la transcripción de Liszt para piano. Tan oída en orquesta, al piano se escucha un hilo delicado; firme y fuerte; luminoso, sencillísimo. El hilo que sutura los bordes de una herida o un vuelo que pasara y que volviera.

Tanta sonoridad es, en el teclado de Liszt, como el iris de esta urraca mía: la claridad que llega de un fondo oscuro. Un trazo que va siendo insinuado, oyendo lo esencial y viendo más. La urraca viene y va de la valla de alambre a las ramas bajas del cerezo.

Después me deja. Más tarde vuelve y se acerca, atraída por el imán de Liszt.

Para Umberto Saba es casi una rapaz. No para

mí. Podrá poner cara de pocos amigos pero es buena gente.

Me acompañó en silencio. Calladita me ayudaba a hacer la tarea mientras sonaba el piano, incluso si el trabajo se retrasaba por quedarme distraído mirándola a hurtadillas.

Lo que más amo habita en lugares pequeños.

Solitaria y sociable al mismo tiempo, la urraca está
siempre llegando a casa. Entra y se queda allí a sus
trajines y descansos, a sus cariños y conversaciones.
La oigo cuchichear, la veo moverse lenta, señorona,
por las habitaciones.

Horas después se asoma a la puerta ensimis-
mada en alguna melancolía. Puedo adivinar lo que
le pasa.

Lo que importa es estar en casa. Ella nos dará
la medida del mundo pues está en su centro:
una orientación para salir, y adonde volver.
Desde aquel techo de acogida se abrirán los
    días;
allí las noches quedarán custodiadas
con ventanales que dan a un cielo inmenso.

Cielo y suelo: «Y mi casa es la piel que cubre
el alma» —dice Carlos Pujol. «He llegado
a pensar que forma parte / del vivir
más profundo / la dócil, insistente /
  repetición
de cosas cotidianas. / Viajar poco, o nada,
no salirse / de este mismo horizonte de
  tejados, /
huertos, plazas, callejas…». Hablaba de
  Vermeer,
«el artista enigmático a fuerza de sencillez».

La urraca está en su lugar, que es el mejor. Es
una persona antigua en su tierra, en sus ramas, en
su césped de los primeros vuelos. En su casa de
siempre. Sale, regresa. Qué coqueta la urraca con-
toneándose, orgullosa dueña de su casa.

Hoy ni me ve siquiera, va a lo suyo. Contem-
pla gozosa el hogar que le aguarda con los brazos
abiertos.

Después de algunas horas de trabajo duro
remando en pleno mar, «otro saber

certero va a su noche, cuando están
en calma ya las aguas más profundas».
Entonces —escribí— fue «llevado de la luz
el vuelo repentino de la urraca
que ha visto su tesoro escondido».
Y a su casa se irá, que vio encendida.
«Crecer es ir adentro con más huellas».
Todo lo bueno que se diga de la casa es poco.

Por eso es inmoral que a la urraca la hagan sufrir
tanto por su casa: el viento y las pedradas, los feli-
nos; los atracos, los impuestos, los okupas.
Se disgusta mi urraca si su casa está mal.

Mi eterna pareja de urracas, tan fiel a mí, se queda un momento allá arriba bañándose en la paz de esta luz. Se dicen algo en voz baja con un deleite lento, suave, cuando las domina una cierta indolencia.

Aquella santa pereza… «El fruto de la pereza madura mejor cuando no hay nadie, en el sano gozo de estar solo. Gozosa soledad».

Les cuesta callarse pero se van relajando, pronto guardarán un silencio duradero. Hacen yoga, ni se mueven.

Los días más hermosos: de luz en el invierno;
aire más transparente y que se amansa.
Centellea el sol de diciembre en las acacias
junto a la boca del metro.

Las chimeneas de leña difunden su leve
  incienso:
un bálsamo que viene de días muy lejanos.

Algunas veces estas prudentes amigas se ponen
histéricas y tontas. Gritan, rabian, acometen. Otras
veces, sin embargo, qué distintas: pacíficas, afa-
bles, serviciales. Les favorece el frío del invierno.
La mañana azul de hielo las ha vuelto risueñas,
brilladoras.

Cuando tienen sus discusiones y conflictos
—son humanas—, añoro estos instantes de un
discreto tocarse con las alas y mirarse a hurtadillas y volverse mimosas como niñas que piden un
capricho. El tímido sol las vuelve complacientes.

Las envidio: en el metro no hay sol.

Al llegar al aula las he visto por allí. Viaja-
ron deprisa, me encontraron. Las dejaría entrar si
guardaran silencio. Curiosean por el patio, por el
rectorado, en torno a los despachos. Chicos que
entran, que se van sentando.

Volved a vuestro sitio y el mío. Aquel lugar

os llama. Os ampara y dirige y os da un
   abrazo dulce.
Dejad que así os seduzca como a mí:
«Volved a los lugares con que amasteis,
los que siempre os llevaron. Ellos guardan los
   días
que ni existen, y están. Saciarán sin deseos
vuestros ojos sedientos. Conocen. No se
   engríen.
Volved a los lugares cuyo amor es un fuego
y entregan su silencio que es un don».

Ya han vuelto al barrio; suben, entran. La
puerta de la casa siempre abierta. Cuando están
bien juntitas y muy dentro, adviento súbito. Me
dejan ver sus tesoros.

Son estas horas gozos de nieve azul para los
ojos. Fuera es el gran frío que como fiera roe.

SERÁN EPIFANÍAS

Mi urraca reinó por aquí muchos años. El hielo de febrero disparó a su pareja. Con sus alas abrazando la tierra apareció esta mañana junto a la adelfa blanca al fondo del jardín. Las había visto protegerse del frío, volar a la vez al mismo rincón.

La urraca está sola. ¿Adónde irá? Del almendro al olivo, de la higuera al peral; aturdida, silenciosa. Su amada no está. Una bolsa en la basura. No llora, se resigna.

Anda por el suelo a pasitos más cortos, sin los nervios ni la excitación de otros días.

Quizá ya sabe que su final está cerca. Adiós a aquellos nidos mal hechos donde se estaba bien. Adiós a los desvelos de la crianza tan llena de peligros. Adiós a la obstinada curiosidad con que recorría su pequeño reino sin terminar nunca de conocerlo del todo.

Cojea un poco, sus plumas no tienen la tersura ni las irisaciones que hace tiempo lucían cuando les daba el sol. No son fieros sus ojos, que miran apagados. No fija la atención. Vi que volvía por los mismos sitios humildes en los que tantas veces escuché sus arrullos.

A esta luz, cuando sus ojos vienen de nuevo aquí, la solitaria urraca empieza a despedirse de lo que siempre tuvo. Sí, sabe que pronto partirá.

Vivirá todavía; llegará al próximo invierno. Pero ya está despidiéndose de las cosas que guarda.

Serán epifanías para el día en que la espera acabe.

Vuelve la luz serenamente a este poco lugar.
Aún latente y frágil, va ganando su cumbre
empujada por la prisa de la primera flor.
Han quedado atrás las horas más oscuras.
Prospera la germinación por setos y frutales.
En el aire esta miel, el sol sobre los brotes
    nuevos.

Vienen días más altos. Afuera aquella fiebre
santa.
Cómo guardar lo que sabemos para los días
malos.

Nota

La cita de Carlos Pujol en el lema, repetida y ampliada en páginas interiores, pertenece a su libro *La pared amarilla*. Las citas de Juan Ramón Jiménez en el prólogo y en el colofón están tomadas del capítulo CXXV de *Platero y yo*. La cita sin mención de autor en el capítulo «Heredad» está tomada de J. A. Muñoz Rojas en su libro *Las cosas del campo*. En este capítulo la cita de Amin Maalouf está tomada de su novela *La roca de Tanios*. Otras citas anónimas entrecomilladas son obra del autor en varios de sus libros. Este libro tuvo una primera edición en el volumen del autor titulado *Pintura de interiores*. *Cuarteto* (2013). Se reedita aquí con numerosas correcciones.

Este libro recibió las últimas correcciones en julio de 2024, en el 110 aniversario de la publicación de *Platero y yo*, el gran libro de Juan Ramón. Con delicadeza le habla el poeta a su protagonista:

«Claro está, Platero,
que tú no eres un burro
en el sentido vulgar de la palabra [...].
Lo eres, sí,
como yo lo sé y lo entiendo».

Con este sentimiento contemplaba yo las idas y venidas de la urraca del barrio. No es el ave alocada que se dice, sino cercana y familiar, mi confidente. Me contó sus secretos, le descubrí los míos. Gracias al lector recuperará la buena fama que merece.

Colección

DE LA BELLEZA